T0258703

Juan Salvador Gaviota, el inspirador clásico de R<small>ICHARD</small> B<small>ACH</small>, ha sido traducido a numerosos idiomas y sigue siendo uno de los libros más leídos del mundo. Tras superar los cincuenta millones de ejemplares vendidos de todas sus obras, Bach es uno de los autores más apreciados por varias generaciones de lectores. Antiguo piloto de caza de las Fuerzas Aéreas estadounidenses y capitán del Ejército del Aire de su país, sigue siendo un escritor-aviador que explora y relata la felicidad y la libertad de volar.

Penguin
Random House
Grupo Editorial

Título original: *Jonathan Livingston Seagull*

Primera edición en Estados Unidos: julio de 2018

© 1970, 1998 by Sabryna A. Bach, por el texto original
© 2014 by Sabryna A. Bach, por los nuevos textos
© 1970, 1998 by Russell Munson, por las fotografías originales
© 2014 by Russell Munson, por las nuevas fotografías
© 2014 by Sabryna A. Bach, por la fotografía de la página de dedicatoria
© 2016, Penguin Random House Grupo Editorial, S. A. U.
Travessera de Gràcia, 47-49. 08021 Barcelona
© 2023, de la presente edición en castellano:
Penguin Random House Grupo Editorial USA, LLC.
8950 SW 74th Court, Suite 2010
Miami, FL 33156

© Carol Howell y Frederick Howell, por la traducción
© Equipo editorial, por la traducción de textos adicionales

ISBN: 978-1-947783-44-7

Impreso en Colombia - *Printed in Colombia*

23 24 25 26   10 9 8 7 6 5

Juan Salvador Gaviota

Richard Bach

Fotografías de Russell Munson

Al verdadero Juan Gaviota
que todos llevamos dentro

Índice

Primera parte

Amanecía, y el nuevo sol pintaba de oro las olas de un mar tranquilo.

Una barca de pesca chapoteaba a un kilómetro de la costa cuando, de pronto, rasgó el aire la voz de la comida llamando a la bandada y una multitud de gaviotas se aglomeró para regatear y luchar por cada pizca de comida. Comenzaba otro día de ajetreo.

Pero alejado y solitario, más allá de barcas y playas, estaba practicando Juan Salvador Gaviota. A treinta metros de altura, bajó sus patas palmeadas, alzó el pico y se esforzó por mantener en sus alas esa dolorosa y difícil torsión requerida para lograr un vuelo pausado. Aminoró la velocidad hasta que el viento no fue más que un susurro en su cara, hasta que el océano pareció detenerse allá abajo. Entornó los ojos muy concentrado, contuvo el aliento, forzó aquella torsión un... solo... centímetro... más... Sus plumas se encresparon, perdió sustentación y cayó.

Las gaviotas, como es bien sabido, nunca pierden

sustentación, nunca se detienen. Detenerse en medio del vuelo constituye para ellas una vergüenza y un deshonor.

Pero Juan Salvador Gaviota, que sin avergonzarse extendía otra vez las alas en aquella temblorosa y ardua torsión —parando, parando y perdiendo sustentación de nuevo—, no era un ave cualquiera.

La mayoría de las gaviotas no se molesta en aprender sino las normas de vuelo más elementales: cómo ir y volver entre la playa y la comida. Para la mayoría de las gaviotas, lo que importa no es volar, sino comer. Para esta gaviota, sin embargo, no era comer lo que importaba, sino volar. Más que nada en el mundo, Juan Salvador Gaviota amaba volar.

Descubrió que ese modo de pensar no era la mejor manera de hacerse popular entre los demás pájaros. Hasta sus padres se desilusionaron al verlo pasarse los días solo, haciendo cientos de planeos a baja altura, experimentando.

No comprendía por qué, por ejemplo, cuando volaba sobre el agua a alturas inferiores a la mitad de su envergadura, podía quedarse en el aire más tiempo con menos esfuerzo; y sus planeos no terminaban con el normal chapuzón al tocar sus patas el mar, sino que, al rozar la superficie con las patas, plegadas en aerodinámico ademán contra su cuerpo, dejaba tras de sí una estela larga y plana. Pero fue al ver sus aterrizajes con las patas recogidas —cuyas huellas sobre la arena luego estudiaba— cuando sus padres se desanimaron aún más.

—¿Por qué, Juan, por qué? —preguntaba su madre—. ¿Por qué te resulta tan difícil ser como el resto de la bandada? ¿Por qué no dejas los vuelos rasantes para los pelícanos y los albatros? ¿Por qué no comes? ¡Hijo, no eres más que plumas y huesos!

—No me importa ser solo plumas y huesos, mamá. Solo pretendo saber qué puedo hacer en el aire y qué no. Eso es todo lo que quiero saber.

—Mira, Juan —dijo su padre con ternura—. El invierno está cerca. Habrá pocas barcas y los peces dejarán de salir a la superficie para irse a las profundidades. Si quieres estudiar, estudia acerca de la comida y cómo conseguirla. Esto de volar es muy bonito, pero no puedes comerte un planeo, ¿sabes? No olvides que el motivo para volar es la comida.

Juan asintió obedientemente. Durante los días sucesivos intentó comportarse como las demás gaviotas; lo intentó de verdad, trinando y volando con la bandada cerca del muelle y las barcas de pesca, lanzándose sobre un pedazo de pan o algún pez. Pero no le dio resultado.

Es todo tan inútil, pensó, y deliberadamente dejó caer una anchoa duramente disputada a una vieja y hambrienta gaviota que lo perseguía. Podría estar empleando todo ese tiempo en aprender a volar. ¡Había tanto que aprender!

No pasó mucho tiempo sin que Juan Gaviota saliera solo de nuevo hacia alta mar, hambriento, feliz, aprendiendo.

El tema fue la velocidad, y en una semana de prác-

ticas había aprendido más acerca de la velocidad que la más rápida de las gaviotas.

A una altura de trescientos metros, aleteando con todas sus fuerzas, se metió en un abrupto y flameante picado hacia las olas y aprendió por qué las gaviotas no hacen abruptos y flameantes picados. En solo seis segundos voló a cien kilómetros por hora, velocidad a la que el ala levantada empieza a ceder.

Una vez tras otra le sucedió lo mismo. A pesar de todo su cuidado, trabajando al máximo de su habilidad, a altas velocidades perdía el control.

Subía a trescientos metros. Primero con todas sus fuerzas hacia arriba, luego inclinándose, aleteando, hasta lograr un picado vertical. Entonces, cada vez que intentaba mantener alzada al máximo el ala izquierda, giraba violentamente hacia ese lado y, al tratar de levantar el ala derecha para equilibrarse, entraba en barrena como un rayo, descontroladamente.

Tenía que ser mucho más cuidadoso al levantar esa ala. Diez veces lo intentó y las diez veces, al superar los cien kilómetros por hora, terminó hecho un montón de plumas desbocadas, estrellándose contra el agua.

Empapado, pensó al fin que la clave debía de ser mantener las alas quietas a alta velocidad; es decir, batir las alas hasta los setenta kilómetros por hora y solo entonces dejar de hacerlo.

Lo intentó otra vez a setecientos metros de altura, descendiendo en vertical, con el pico hacia abajo y las alas completamente extendidas y estables desde el momento en que superó los setenta kilómetros por hora. Necesitó un esfuerzo tremendo, pero lo consi - guió. En diez segundos, volaba como una centella sobrepasando los ciento treinta kilómetros por hora. ¡Juan había conseguido una marca mundial de velo - cidad para gaviotas!

Pero el triunfo duró poco. En el instante en que empezó a salir del picado, en el instante en que cam - bió el ángulo de sus alas, se precipitó en el mismo terrible e incontrolado desastre de antes y, a ciento treinta kilómetros por hora, el desenlace fue como una explosión de dinamita. Juan Gaviota se desinte - gró y fue a estrellarse contra un mar duro como un ladrillo.

Ya había anochecido cuando recobró la conciencia y se encontró flotando en el océano a la luz de la luna. Sus alas desgreñadas parecían de plomo, pero el fraca - so le pesaba aún más. Débilmente deseó que ese peso lo arrastrara al fondo y así terminar con todo.

A medida que se hundía, una voz hueca y extraña resonó en su interior.

No hay forma de evitarlo. Soy gaviota. Soy limi - tado por naturaleza. Si estuviese destinado a apren - der tanto sobre el vuelo, tendría por cerebro cartas de navegación. Si estuviese destinado a volar a alta velocidad, mis alas serían cortas como las del halcón y comería ratones en lugar de peces. Mi padre tenía razón. Debo olvidarme de esas tonterías. Tengo que volar a casa, a la bandada, y estar contento de ser como soy: una pobre y limitada gaviota.

La voz se fue desvaneciendo, y Juan se sometió. Durante la noche, el lugar para una gaviota es la playa, y se prometió a sí mismo que desde ese momento sería una gaviota normal. Así todo el mundo se sentiría más feliz.

Cansado, se elevó de las oscuras aguas y voló hacia tierra, agradecido de lo que había aprendido sobre cómo volar a baja altura con el menor esfuerzo.

Pero no, pensó. Ya he terminado con esa manera de ser, he terminado con todo lo que he aprendido. Soy una gaviota como cualquier otra gaviota, y volaré como tal.

Así pues, ascendió dolorosamente hasta una altura de treinta metros y batió las alas con fuerza luchando por llegar a la orilla.

Se encontró mejor por su decisión de ser como otro cualquiera de la bandada. Ahora no habría nada que lo atase a la fuerza que le impulsaba a aprender, no habría más desafíos ni fracasos. Le resultó grato dejar de pensar y volar, en la oscuridad, hacia las luces de la playa.

¡La oscuridad!, exclamó, alarmada, la voz hueca. ¡Las gaviotas nunca vuelan en la oscuridad!

Juan no estaba alerta para escuchar. Me encanta todo esto, pensó. La luna y las luces centelleando en el agua, trazando luminosos senderos en la oscuridad, y todo tan pacífico y sereno...

¡Desciende! ¡Las gaviotas nunca vuelan en la oscuridad! ¡Si hubieras nacido para volar en la oscuridad, tendrías los ojos del búho! ¡Tendrías por cerebro cartas de navegación! ¡Tendrías las alas cortas del halcón!

Allí, en la noche, a treinta metros de altura, Juan Salvador Gaviota parpadeó. Sus dolores y sus resoluciones se esfumaron.

¡Alas cortas! ¡Las alas cortas del halcón!

¡Esta es la solución! ¡Qué tonto he sido!, se dijo. ¡No necesito más que un ala muy pequeñita, no necesito más que doblar la parte mayor de mis alas y volar solo con los extremos! ¡Alas cortas!

Subió a setecientos metros sobre el negro mar y, sin pensar ni por un instante en el fracaso o en la muerte, pegó fuertemente la parte superior de las alas a su cuerpo, dejando que los afilados extremos asomasen como dagas al viento, y cayó en picado vertical.

El viento azotó su cabeza con un bramido monstruoso. Cien kilómetros por hora, ciento treinta, ciento ochenta y aún más rápido. La tensión de las alas a doscientos kilómetros por hora no era ahora tan grande como antes a cien, y con un mínimo movimiento de los extremos aflojó gradualmente el picado y salió disparado sobre las olas, como una bala gris de cañón bajo la luna.

Entornó los ojos contra el viento hasta que se transformaron en dos pequeñas rayas, y se sintió feliz. ¡A doscientos kilómetros por hora! ¡Y bajo control! Si inicio el picado desde mil metros en lugar de quinientos, ¿a cuánto llegaré?

Juan olvidó sus recientes decisiones, arrebatadas

por aquel fuerte viento. Sin embargo, no se sentía culpable al romper las promesas que se había hecho a sí mismo. Tales promesas solo existen para las gaviotas que aceptan lo corriente. Uno que ha palpado la perfección en su aprendizaje no necesita esa clase de promesas.

Al amanecer, Juan Gaviota estaba practicando de nuevo. Desde dos mil metros las barcas de pesca eran puntos sobre el agua plana y azul, y la bandada en busca de comida, una nube débil de motitas insignificantes.

Estaba vivo y temblaba ligeramente de gozo, orgulloso de haber controlado su miedo. Entonces, sin ceremonias, encogió la parte superior de las alas, extendió los cortos y angulosos extremos y se precipitó directamente hacia el mar. Al pasar los dos mil metros, logró la velocidad máxima y el viento se transformó en una sólida y palpitante pared sonora contra la que no podía avanzar con mayor rapidez. Estaba volando recto hacia abajo a trescientos veinte kilómetros por hora. Tragó saliva, pues comprendió que si sus alas llegaban a desdoblarse a esa velocidad se haría trizas, despedazándose en un millón de partículas de gaviota. Pero la velocidad era poder, y gozo, y belleza en estado puro.

Empezó su salida del picado a trescientos metros, los extremos de las alas aparecían borrosos a causa del enorme viento, y en ese camino, la barca y la multitud de gaviotas se desenfocaban y crecían con la rapidez de una cometa.

No pudo parar; aún no sabía siquiera cómo girar a esa velocidad.

Una colisión significaría la muerte instantánea.

De modo que cerró los ojos.

Sucedió entonces que esa mañana, justo después del amanecer, Juan Salvador Gaviota había salido volando directamente en medio de la bandada de la comida, marcando trescientos dieciocho kilómetros por hora, con los ojos cerrados y en medio de un rugido de viento y plumas. La gaviota de la Providencia le sonrió por una vez y nadie resultó muerto.

Cuando al fin apuntó su pico hacia el cielo, aún zumbaba a doscientos cuarenta kilómetros por hora. Al reducir a treinta y extender las alas otra vez, la barca de pesca era una miga en el mar, mil metros más abajo.

Solo pensó en el triunfo, en conseguir la velocidad máxima. ¡Una gaviota a trescientos veinte kilómetros por hora! Era un descubrimiento, el mayor y más singular descubrimiento en la historia de la bandada, y en ese momento una nueva época comenzó para Juan Gaviota. Voló hasta su solitaria zona de prácticas y, doblando las alas para un descenso en picado desde tres mil metros, se puso a trabajar enseguida para descubrir la forma de girar.

Se dio cuenta de que al mover una sola pluma del extremo de su ala una fracción de centímetro, causaba una curva suave y extensa a gran velocidad. Antes de haberlo aprendido, sin embargo, observó que cuando movía más de una pluma a esa velocidad, giraba como una bala de rifle. Y de ese modo Juan fue

la primera gaviota de este mundo en realizar acrobacias aéreas.

Ese día no perdió tiempo en charlar con las otras gaviotas, sino que siguió volando hasta después de la puesta del sol. Descubrió el rizo, el tonel lento, el tonel por puntos, la barrena invertida, el medio rizo invertido.

Cuando Juan Gaviota volvió a unirse a la bandada, ya en la playa, era noche cerrada. Estaba mareado y rendido. No obstante, y con verdadera satisfacción, dibujó un rizo para aterrizar y una vuelta rápida justo antes de tocar tierra. Cuando sepan lo del descubrimiento, pensó, se pondrán locos de alegría. ¡Cuánto mayor sentido tiene ahora la vida! En lugar de nuestro lento y pesado ir y venir a las barcas de pesca, ¡hay una razón para vivir! Podremos alzarnos sobre nuestra ignorancia, podremos descubrirnos como criaturas de perfección, inteligencia y habilidad. ¡Podremos ser libres! ¡Podremos aprender a volar!

Los años venideros susurraban y resplandecían de promesas.

Las gaviotas se hallaban reunidas en Sesión de Consejo cuando Juan tocó tierra, y parecía que habían estado así reunidas durante algún tiempo. Estaban, efectivamente, esperando.

—¡Juan Salvador Gaviota! ¡Ponte en el centro! —Las palabras de la gaviota mayor sonaron con la voz solemne propia de las altas ceremonias.

Ponerse en el centro significaba siempre una gran

vergüenza o un gran honor. En este último caso, era la forma en que se señalaba a los jefes más destacados entre las gaviotas. Por supuesto, pensó, la bandada de la comida debió de presenciar mi descubrimiento esta mañana. Pero yo no quiero honores. No tengo ningún deseo de ser líder. Solo quiero compartir lo que he encontrado y enseñarles esos nuevos horizontes que nos están esperando. Y dio un paso al frente.

—Juan Salvador Gaviota —prosiguió la gaviota mayor—. ¡Ponte en el centro para tu vergüenza, ante la mirada de tus semejantes!

Sintió como si lo hubieran golpeado con un madero. Empezaron a temblarle las piernas y a zumbarle los oídos. ¿Me piden que me ponga en el centro para deshonrarme?, pensó. ¡Imposible! ¡El descubrimiento...! ¡No entienden! ¡Están equivocados! ¡Están equivocados!

—Por tu irresponsabilidad temeraria —continuó la voz solemne—, al violar la dignidad y la tradición de la familia de las gaviotas...

El que a uno lo pusieran en el centro para deshonrarlo significaba que lo expulsaban de la sociedad de las gaviotas, desterrándolo a una vida solitaria en los lejanos acantilados.

—Algún día, Juan Salvador Gaviota, aprenderás que la irresponsabilidad se paga. La vida es lo desconocido y lo irreconocible, salvo que hemos nacido para comer y vivir el mayor tiempo posible.

Una gaviota nunca replica al Consejo de la bandada, pero la voz de Juan se hizo oír.

—¿Irresponsabilidad? ¡Hermanos míos! —gritó—. ¿Quién es más responsable que una gaviota que ha encontrado y que persigue un significado, un fin más alto para la vida? Durante mil años hemos escarbado tras las cabezas de los peces, pero ahora tenemos una razón para vivir, para aprender, ¡para ser libres! Dadme una oportunidad, dejadme que os muestre lo que he encontrado.

La bandada parecía de piedra.

—Se ha roto la hermandad —declararon al unísono las gaviotas, y todas se pusieron de acuerdo en cerrar solemnemente los oídos y darle la espalda.

Juan Gaviota pasó el resto de sus días solo, pero voló mucho más allá de los lejanos acantilados. Su único pesar no era la soledad, sino que las otras gaviotas se negasen a creer en la gloria que les esperaba al volar, que se negasen a abrir los ojos y a ver.

Cada día aprendía más. Aprendió que un picado aerodinámico a alta velocidad podía ayudarlo a encontrar aquel pez raro y sabroso que habitaba a tres metros bajo la superficie del océano; ya no le hicieron falta barcas de pesca ni pan duro para

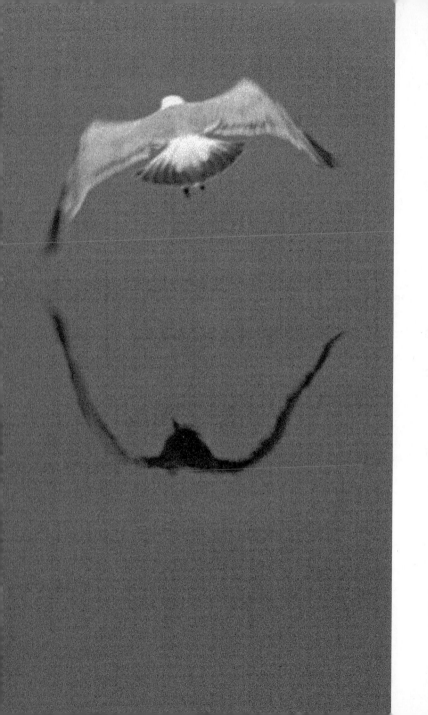

sobrevivir. Aprendió a dormir en el aire fijando una ruta durante la noche a través del viento de la costa, atravesando ciento cincuenta kilómetros de sol a sol. Con el mismo control interior, voló a través de espesas nieblas marinas y subió sobre ellas hasta cielos claros y deslumbradores, mientras las otras gaviotas yacían en tierra, sin ver más que niebla y lluvia. Aprendió a cabalgar los altos vientos que soplaban hacia tierra adentro, para regalarse allí con los más sabrosos insectos.

Lo que antes había esperado conseguir para toda la bandada, lo obtuvo ahora para sí mismo; aprendió a volar y no se arrepintió del precio que había pagado. Juan Gaviota descubrió que el aburrimiento, el miedo y la ira son las razones por las que la vida de una gaviota es tan corta; al desaparecer aquellas de su pensamiento, tuvo por cierto una vida larga y buena.

Vinieron al anochecer y encontraron a Juan planeando, solitaria y pacíficamente, en su querido cielo. Las dos gaviotas que aparecieron junto a sus alas eran puras como la luz de las estrellas y su resplandor, suave y amistoso, en el alto cielo nocturno. Pero lo más hermoso de todo era la habilidad con que volaban: los extremos de sus alas avanzaban a un preciso y constante centímetro de las suyas.

Sin decir palabra, Juan las sometió a una prueba que ninguna gaviota había superado jamás. Torció las alas y redujo su velocidad a solo un kilómetro por hora, casi parándose. Aquellas dos radiantes aves redujeron también la suya, en formación cerrada. Sabían lo que era volar lento.

Dobló las alas, giró y cayó en picado a doscientos kilómetros por hora. Se dejaron caer con él, precipitándose hacia abajo en formación impecable.

Por fin, Juan voló con igual velocidad hacia arriba en un giro lento y vertical. Giraron con él, sonriendo.

Recuperó el vuelo horizontal y se quedó callado un rato antes de decir:

—Muy bien. ¿Quiénes sois?

—Somos de tu bandada, Juan. Somos tus hermanos. —Las palabras sonaron firmes y serenas—. Hemos venido a llevarte más arriba, a llevarte a casa.

—¡No tengo casa! Tampoco bandada. Soy un exiliado. Y ahora volamos a la vanguardia del viento de la gran montaña. Unos cientos de metros más y no podré levantar más este viejo cuerpo.

—Sí que puedes, Juan. Porque has aprendido. Una etapa ha terminado y ha llegado la hora de que empiece otra.

El entendimiento iluminó ese instante de su existencia igual que había iluminado toda su vida. Tenían razón. Él era capaz de volar más alto, y había llegado la hora de irse a casa.

Echó una larga y última mirada al cielo, a esa magnífica tierra de plata donde tanto había aprendido.

—Estoy listo —dijo al fin.

Y Juan Salvador Gaviota se elevó con las dos radiantes gaviotas para desaparecer en un cielo perfecto y oscuro.

Segunda parte

De modo que esto es el cielo, pensó Juan, y no pudo evitar sonreír. No resultaba muy respetuoso analizar el cielo justo en el momento en que uno estaba a punto de entrar en él.

Al venir de la tierra por encima de las nubes y en formación cerrada con las dos gaviotas resplandecientes, vio que su propio cuerpo brillaba tanto como el de ellas.

En verdad, allí estaba el mismo y joven Juan Gaviota, el que siempre había existido detrás de sus ojos dorados, pero la forma exterior había cambiado.

Sentía que su cuerpo era el de una gaviota, pero volaba mucho mejor que con el antiguo. ¡Vaya, pero si con la mitad del esfuerzo, pensó, obtengo el doble de velocidad y el doble de rendimiento que en mis mejores días en la tierra!

Brillaban sus plumas, ahora de un blanco resplandeciente, y sus alas eran lisas y perfectas como láminas de plata pulida. Empezó, gozoso, a familiarizarse con ellas, a imprimirles potencia.

A trescientos cincuenta kilómetros por hora le pareció que estaba logrando su máxima velocidad en vuelo horizontal. A cuatrocientos diez, pensó que estaba volando al máximo de su capacidad y se sintió ligeramente desilusionado. Había un límite para lo que podía hacer con su nuevo cuerpo y, aunque superaba ampliamente su antigua marca de vuelo horizontal, era sin embargo un límite que le costaría mucho esfuerzo rebasar. En el cielo, pensó, no debería haber limitaciones.

De pronto se separaron las nubes y sus compañeros gritaron:

—¡Feliz aterrizaje, Juan! —Y desaparecieron sin dejar rastro.

Volaba por encima de un mar en dirección a un mellado litoral. Alguna que otra gaviota se afanaba en los remolinos que se formaban entre los acantilados. Lejos, hacia el norte, en el horizonte mismo, volaban unas cuantas más. Nuevos horizontes, nuevos pensamientos, nuevas preguntas. ¿Por qué había tan pocas gaviotas? ¡El paraíso debería estar lleno de gaviotas! Y ¿por qué de pronto estoy tan cansado? Era de suponer que las gaviotas no deberían cansarse en el cielo, ni dormir.

¿Dónde había oído eso? El recuerdo de su vida en la tierra era cada vez más borroso. La tierra había sido un lugar donde había aprendido mucho, por supuesto, pero los detalles se le hacían nebulosos; recordaba algo de la lucha por la comida, y de haber sido un exiliado.

La docena de gaviotas que estaba cerca de la playa

se acercó a saludarlo sin que ninguna dijera una palabra. Solo sintió que se le daba la bienvenida y que esa era su casa. Había sido un gran día para él, un día cuyo amanecer ya no recordaba.

Giró para aterrizar en la playa, batiendo las alas hasta pararse por un instante en el aire, y luego descendió ligeramente sobre la arena. Las otras gaviotas aterrizaron también, pero ninguna movió ni una pluma. Volaron contra el viento, con las brillantes alas extendidas, y luego, sin que él supiera cómo, plegaron las alas en el instante mismo en que tocaban tierra. Había sido una hermosa muestra de dominio, pero Juan se sentía demasiado cansado para intentarlo. Allí en la playa, sin que aún se hubiera pronunciado ni una sola palabra, se quedó dormido.

Durante los días siguientes Juan vio que había allí tanto que aprender sobre el vuelo como en la vida que había dejado atrás. Pero con una diferencia. Allí había gaviotas que pensaban como él, ya que para cada una de ellas lo más importante de la vida era alcanzar y palpar la perfección de lo que más amaba hacer: volar. Todas ellas eran aves magníficas y pasaban muchas horas cada día ejercitándose en volar, ensayando aeronáutica avanzada.

Durante largo tiempo Juan se olvidó del mundo de donde había llegado, ese lugar donde la bandada vivía con los ojos bien cerrados al placer de volar, empleando las alas como medios para encontrar comida y luchar por ella. Pero de vez en cuando, solo por un instante, lo recordaba.

Se acordó de ello una mañana, cuando estaba con su instructor, mientras descansaban en la playa después de una sesión de vueltas con el ala plegada.

—¿Dónde están los demás, Rafael? —preguntó en silencio, acostumbrado ya a la cómoda telepatía que aquellas gaviotas empleaban en lugar de graznidos y trinos—. ¿Por qué no hay más gaviotas aquí? En el lugar de donde vengo había...

—Miles y miles de gaviotas. Lo sé. —Rafael asintió con la cabeza—. La única respuesta que puedo dar, Juan, es que tú eres una gaviota en un millón. La mayoría de nosotras progresa con mucha lentitud. Pasamos de un mundo a otro casi exactamente igual, nos olvidamos enseguida de dónde venimos, no nos preocupamos de hacia dónde vamos, viviendo solo el presente. ¿Tienes idea de cuántas vidas debimos cruzar antes de que lográramos concebir la idea de que en la vida hay más cosas que comer, luchar o alcanzar poder en la bandada? ¡Mil vidas, Juan, diez mil! Y luego cien vidas más hasta que empezamos a aprender que existe algo llamado perfección, y otras cien para comprender que la meta de la vida es encontrar esa perfección y reflejarla. La misma norma se aplica ahora a nosotros, por supuesto: elegimos nuestro mundo venidero mediante lo que hemos aprendido en este. No aprendas nada y el próximo mundo será igual que este, con las mismas limitaciones y dificultades que superar.

Extendió las alas y volvió la cara al viento.

—Pero tú, Juan —añadió—, aprendiste tanto de

una vez que no has tenido que pasar por mil vidas para llegar a esta.

Al cabo de un momento estaban otra vez en el aire, practicando.

Era difícil mantener la formación cuando giraban para volar en posición invertida, puesto que entonces Juan tenía que ordenar inversamente su pensamiento, cambiando la curva de sus alas, en exacta armonía con la de su instructor.

—Intentémoslo de nuevo —decía Rafael una y otra vez—. Intentémoslo de nuevo. Bien. —Y entonces empezaron a practicar los rizos exteriores.

Una noche, las gaviotas que no estaban practicando vuelos nocturnos se quedaron en la playa, pensando. Juan hizo acopio de todo su valor y se acercó a la gaviota mayor, de quien se decía que pronto se trasladaría más allá de ese mundo.

—Chiang —dijo, un poco nervioso.

La vieja gaviota lo miró tiernamente.

—¿Sí, hijo mío?

En lugar de perder fuerzas con la edad, estas habían aumentado; podía volar más y mejor que cualquier gaviota de la bandada y había aprendido habilidades que las otras solo empezaban a conocer.

—Chiang, este mundo no es el verdadero cielo, ¿verdad?

La vieja gaviota sonrió a la luz de la luna.

—Veo que sigues aprendiendo, Juan —dijo.

—Bueno, ¿qué pasará ahora? ¿Adónde iremos? ¿Es que no hay un lugar que sea como el cielo?

—No, Juan, no existe tal lugar. El cielo no es un lugar, ni un tiempo. El cielo consiste en ser perfecto. —Hizo una pausa y añadió—: Eres muy rápido para volar, ¿verdad?

—Me encanta la velocidad —dijo Juan, sorprendido pero orgulloso de que se hubiese dado cuenta.

—Empezarás a palpar el cielo, Juan, en el momento en que palpes la velocidad perfecta. Y esto no es volar a mil kilómetros por hora, ni a un millón, ni a la velocidad de la luz. Porque cualquier número es un límite, y la perfección no tiene límites. La velocidad perfecta, hijo mío, es estar allí.

Sin aviso, y en un abrir y cerrar de ojos, Chiang desapareció y apareció al borde del agua, veinte metros más allá. Entonces desapareció de nuevo y volvió en una milésima de segundo, junto a Juan.

—Es bastante divertido —dijo.

Juan estaba tan maravillado que se olvidó de preguntar por el cielo.

—¿Cómo lo haces? ¿Qué se siente al hacerlo? ¿A qué distancia puedes llegar?

—Puedes ir al lugar y al tiempo que desees —respondió la vieja gaviota—. Yo he ido a donde he querido y cuando he querido. —Miró hacia el mar—. Es extraño. Las gaviotas que desprecian la perfección por el gusto de viajar no llegan a ninguna parte, y lo hacen lentamente. Las que se olvidan de viajar por alcanzar la perfección llegan a todas partes y al instante. Recuerda, Juan: el cielo no es un lugar ni un tiempo, porque el lugar y el tiempo significan bien poco. El cielo es...

—¿Me puedes enseñar a volar así? —lo interrumpió Juan Gaviota; temblaba ante la posibilidad de conquistar otro desafío.

—Por supuesto, si quieres aprender.

—Quiero. ¿Cuándo podemos empezar?

—Ahora mismo, si lo deseas.

—Quiero aprender a volar de esa manera —dijo Juan, y una luz extraña brilló en sus ojos—. Dime qué hay que hacer.

—Para volar tan rápido como el pensamiento y a cualquier sitio que exista —dijo Chiang con lentitud, mirando atentamente a la joven gaviota—, debes empezar por saber que ya has llegado.

El secreto, según Chiang, consistía en que Juan dejara de verse a sí mismo como prisionero de un cuerpo limitado, con una envergadura de ciento cuatro centímetros y un rendimiento susceptible de programación.

El secreto era saber que su verdadera naturaleza vivía, con la perfección de un número no escrito, simultáneamente en cualquier lugar del espacio y del tiempo.

Juan se dedicó a ello con ferocidad, día tras día, desde el amanecer hasta después de la medianoche.

Y a pesar de todo su esfuerzo no logró moverse ni un milímetro del sitio donde se encontraba.

—¡Olvídate de la fe! —le decía Chiang una y otra vez—. Tú no necesitaste fe para volar; lo que necesitaste fue comprender lo que era el vuelo. Esto es exactamente lo mismo. Ahora inténtalo de nuevo.

Así, un día, Juan, en la playa, con los ojos cerrados, concentrado, como un relámpago comprendió de pronto lo que Chiang le había estado diciendo.

—¡Pero si es verdad! ¡Soy una gaviota perfecta y sin limitaciones! —Se estremeció de alegría.

—¡Bien! —exclamó Chiang, con un tono triunfal.

Juan abrió los ojos. Él y la vieja gaviota estaban solos en una playa completamente distinta; los árboles llegaban hasta el borde mismo del agua, dos soles gemelos y amarillos giraban en lo alto.

—Por fin has captado la idea —dijo Chiang—, pero tu control necesita algo más de trabajo.

Juan se quedó pasmado.

—¿Dónde estamos?

Sin que le impresionara el extraño paraje, la vieja gaviota hizo caso omiso de la pregunta.

—Es obvio que estamos en un planeta que tiene un cielo verde y una estrella doble por sol.

Juan lanzó un grito de alegría, el primer sonido que emitía desde que dejara la tierra.

—¡Funciona!

—Pues claro que funciona, Juan. Siempre funcio-

na cuando sabes lo que estás haciendo. Y, ahora, vol-
viendo al tema de tu control...

Cuando regresaron había anochecido. Las otras
gaviotas miraron a Juan con reverencia en sus ojos
dorados, porque lo habían visto desaparecer de donde llevaba tanto tiempo sin moverse.

Aguantó las felicitaciones menos de un minuto.

—Soy nuevo aquí. Acabo de empezar. Soy yo
quien debe aprender de vosotros.

—Me pregunto si eso es cierto, Juan —dijo Rafael, cerca de él—. En diez mil años no he visto una
gaviota con menos miedo de aprender que tú.

La bandada permaneció en silencio y Juan hizo
un gesto de turbación.

—Si quieres, podemos empezar a trabajar con el
tiempo —dijo Chiang—, hasta que logres volar por
el pasado y el futuro. Entonces estarás preparado
para empezar con lo más difícil, lo más colosal, lo
más divertido de todo. Estarás preparado para subir
y comprender el significado de la bondad y el amor.

Pasó un mes, o lo que pareció un mes, y Juan
aprendía con gran rapidez. Siempre había sido veloz
para aprender lo que la experiencia normal tuviera
para enseñarle, y ahora, como alumno especial de la
vieja gaviota en persona, asimiló las nuevas ideas
como si hubiera sido una supercomputadora con
plumas.

Pero al fin llegó el día en que Chiang desapareció.

Había estado conversando calladamente con todos ellos, exhortándoles a que nunca dejaran de aprender, de practicar y de esforzarse por comprender más acerca del perfecto e invisible principio de toda vida. Entonces, mientras hablaba, sus plumas se hicieron cada vez más resplandecientes hasta que al fin brillaron de tal manera que ninguna gaviota pudo mirarle.

—Juan —dijo, y a continuación pronunció las últimas palabras—: sigue trabajando en el amor.

Cuando pudieron ver otra vez, Chiang había desaparecido.

Con el correr de los días, Juan se sorprendió pensando una y otra vez en la tierra de la que había venido. Si allí hubiese sabido una décima, una centésima parte de lo que ahora sabía, ¡cuánto más significado habría tenido entonces la vida! Se quedó en la arena y empezó a preguntarse si allá abajo habría una gaviota que estuviese esforzándose por romper sus limitaciones, por entender el significado del vuelo más allá de una manera de trasladarse para conseguir algunas migajas caídas de una barca. Quizás hasta hubiera un exiliado por haber dicho la verdad ante la bandada. Y mientras más practicaba Juan sus lecciones de bondad y más trabajaba para conocer la naturaleza del amor, más deseaba regresar a la tierra. Porque, a pesar de su pasado solitario, Juan Gaviota había nacido para ser instructor, y su manera de demostrar el amor era compartir algo de la verdad que había visto con alguna gaviota que no estuviese pidiendo más que una oportunidad de ver la verdad por sí misma.

Rafael, adepto ahora a los vuelos veloces como el pensamiento y a ayudar a que los otros aprendieran, dudaba.

—Ya fuiste exiliado una vez, Juan, ¿por qué piensas que alguna gaviota de tu pasado va a escucharte ahora? Ya conoces el refrán: *la gaviota que ve más lejos es la que vuela más alto*. Esas gaviotas de donde has venido se lo pasan en tierra graznando y luchando entre ellas. Están a mil kilómetros del cielo. ¡Y tú dices que quieres mostrarles el cielo desde donde están paradas! ¡Juan, ni siquiera pueden ver los extremos de sus propias alas! Quédate aquí. Ayuda a las gaviotas novicias, que están bastante avanzadas como para comprender lo que tienes que decirles. —Hizo una pausa y preguntó—: ¿Qué habría pasado si Chiang hubiese vuelto a sus antiguos mundos? ¿Dónde estarías tú ahora?

El último punto era el decisivo. Rafael tenía razón.

La gaviota que ve más lejos es la que vuela más alto.

Juan se quedó y trabajó con los novicios que iban llegando, todos muy listos y aplicados. Pero volvió el viejo recuerdo, y no podía dejar de pensar en que a lo mejor había una o dos gaviotas allá en la tierra que también podrían aprender. ¡Cuánto más sabría si Chiang lo hubiese ayudado cuando era un exiliado!

—Tengo que volver, Rafa —dijo por fin—. Tus alumnos van bien. Incluso podrán ayudarte con los nuevos.

Rafael suspiró, pero prefirió no discutir.

—Creo que te echaré de menos, Juan —fue todo lo que dijo.

—¡Rafa, qué vergüenza! —le reprochó Juan—. ¡No seas necio! ¿Qué intentamos practicar todos los días? Si nuestra amistad depende de cosas como el espacio y el tiempo, entonces, cuando por fin superemos el espacio y el tiempo, habremos destruido nuestra propia hermandad. Pero supera el espacio, y nos quedará solo un aquí. Supera el tiempo, y nos quedará solo un ahora. Y entre el aquí y el ahora, ¿no crees que podremos volver a vernos un par de veces?

Rafael Gaviota no pudo evitar soltar una carcajada.

—Estás hecho un pájaro loco —dijo tiernamente—. Si hay alguien capaz de mostrarle a uno en la tierra cómo ver a mil kilómetros de distancia, ese será Juan Salvador Gaviota. —Se quedó mirando la arena—. Adiós, Juan, amigo mío.

—Adiós, Rafa. Nos volveremos a ver.

Con esto, Juan evocó en su pensamiento la imagen de las grandes bandadas de gaviotas en la orilla de otros tiempos, y supo, con experimentada facilidad, que ya no era solo huesos y plumas, sino una perfecta idea de libertad y vuelo, sin limitación alguna.

Pedro Pablo Gaviota aún era bastante joven, pero ya sabía que no había ave peor tratada por una bandada o con tanta injusticia.

Me da lo mismo lo que digan, pensó furioso, y se le nubló la vista mientras volaba hacia los lejanos acantilados. ¡Volar es más importante que un simple revolotear de aquí para allá! ¡Eso lo puede hacer hasta un... hasta un mosquito! ¡Un pequeño viraje en una vuelta alrededor de la gaviota mayor, solo por diversión, y ya soy un exiliado! ¿Son ciegos acaso? ¿Es que no pueden ver? ¿Es que no pueden imaginar la gloria que alcanzaríamos si realmente aprendiéramos a volar?

Me da lo mismo lo que piensen, se dijo. ¡Yo les mostraré lo que es volar! No seré más que un bandido, si eso es lo que quieren. Pero haré que se arrepientan...

La voz surgió dentro de su cabeza y aunque era muy suave, le asustó tanto que se equivocó y dio una voltereta en el aire.

—No seas tan duro con ellos, Pedro Gaviota. Al expulsarte, las otras gaviotas solamente se han hecho daño a sí mismas, y un día se darán cuenta de ello; un día verán lo que tú ves. Perdónalas y ayúdalas a comprender.

A un centímetro del extremo de su ala derecha volaba la gaviota más resplandeciente del mundo, planeando sin esfuerzo, sin que se le moviese una pluma, a casi la máxima velocidad de Pedro.

El caos reinó por un instante dentro de la joven gaviota.

—¿Qué está pasando? ¿Estoy loco? ¿Estoy muerto? ¿Qué es esto?

La voz continuó baja y tranquila dentro de su pensamiento, exigiendo una contestación.

—Pedro Pablo Gaviota, ¿quieres volar?

—¡Sí, quiero volar!

—Pedro Pablo Gaviota, ¿tanto quieres volar que perdonarás a la bandada, aprenderás, volverás a ella un día y trabajarás para ayudarla a comprender?

No había manera de mentirle a ese magnífico y hábil ser, por orgulloso o herido que Pedro Pablo Gaviota se sintiera.

—Sí, quiero —dijo suavemente.

—Entonces, Pedro —dijo aquella criatura resplandeciente, con voz muy tierna—, empecemos con el vuelo horizontal.

Tercera parte

Juan giraba lentamente sobre los lejanos acantilados, observando. Ese rudo y joven Pedro Gaviota era un alumno que volaba de manera casi perfecta. Era fuerte, ligero y rápido en el aire, pero lo más importante era que tenía un devastador deseo de aprender a volar.

Ahí se acercaba en ese momento, una forma borrosa y gris que salía de su picado con un rugido, pasando como un bólido a su instructor, a doscientos veinte kilómetros por hora. Abruptamente se metió en otra pirueta con un balance de dieciséis puntos, vertical y lento, contando los puntos en voz alta.

—... ocho... nueve... diez... ¿Lo ves, Juan? Se-me-está-terminando-la-velocidad-del-aire... Once... Quieroparadas-perfectas-y-agudas-como-las-tuyas... Doce... pero-caramba-no-puedo-llegar... Trece... a-estos-tres-últimos-puntos... sin... Cator... ¡aaahh...!

A causa de su furia ante el fracaso, la torsión de cola le salió a Pedro mucho peor. Se fue de espaldas, dio varias volteretas, cayó salvajemente en una barrena invertida, y por fin se recuperó, jadeando, a treinta metros bajo el nivel en que se hallaba su instructor.

—¡Pierdes tu tiempo conmigo, Juan! ¡Soy demasiado tonto! ¡Soy demasiado estúpido! ¡Lo intento una y otra vez, pero nunca lo lograré!

Juan Gaviota lo miró desde arriba y asintió.

—Seguro que nunca lo conseguirás mientras hagas ese movimiento tan brusco. ¡Pedro, has perdido sesenta kilómetros por hora en la entrada! ¡Tienes que hacerlo de manera suave! Firme, pero suave, ¿recuerdas?

Bajó al nivel de la joven gaviota.

—Intentémoslo juntos ahora, en formación. Y concéntrate en ese movimiento. Es una entrada suave, fácil.

Al cabo de tres meses, Juan tenía otros seis aprendices, todos exiliados pero curiosos por esa nueva visión del vuelo por el puro placer de volar.

Sin embargo, les resultaba más fácil dedicarse al logro de altos rendimientos que a comprender la razón oculta de ello.

—Cada uno de nosotros es en verdad una idea de la Gran Gaviota, una idea ilimitada de la libertad —diría Juan por las tardes, en la playa—, y el vuelo de alta precisión constituye un paso hacia la expresión de nuestra naturaleza verdadera. Tenemos que rechazar todo lo que nos limite. Esta es la causa de todas estas prácticas a alta y baja velocidad, de estas acrobacias...

Y sus alumnos se dormirían, rendidos después de un día de volar. Les gustaba practicar por la excitación que producía la velocidad y les satisfacían esas ansias por aprender que crecían con cada lección. Pero ni uno de ellos, ni siquiera Pedro Pablo Gaviota, había llegado a creer que el vuelo de las ideas podía ser tan real como el vuelo del viento y las plumas.

—Tu cuerpo entero, de un extremo del ala al otro —diría Juan en otras ocasiones—, no es más que tu propio pensamiento, en una forma que puedes ver. Rompe las cadenas de tu pensamiento y romperás también las cadenas de tu cuerpo.

Pero lo dijera como lo dijese, siempre sonaba como una agradable ficción, y ellos necesitaban más que nada dormir.

Solo había pasado un mes cuando Juan dijo que había llegado la hora de volver a la bandada.

—¡No estamos preparados! —exclamó Enrique Calvino Gaviota—. ¡Ni seremos bienvenidos! ¡Somos exiliados! No podemos meternos donde no seremos bienvenidos, ¿verdad?

—Somos libres de ir donde queramos y de ser lo que somos —contestó Juan, y elevándose de la arena giró hacia el este, en dirección al país de la bandada.

Los alumnos se sintieron angustiados por un instante, puesto que es ley de la bandada que un exiliado nunca regrese, y esa ley no se había violado ni una vez en diez mil años. La ley decía «quédate»; Juan decía «partid», y ya volaba a un kilómetro mar adentro. Si seguían allí esperando, él se encararía solo a la hostil bandada.

—Bueno, no tenemos por qué obedecer la ley si no formamos parte de la bandada, ¿verdad? —dijo Pedro, algo turbado—. Además, si hay una pelea, es allí donde se nos necesita.

Y así ocurrió que, aquella mañana, aparecieron desde el oeste ocho de ellos en formación de doble diamante, casi tocándose los extremos de las alas. Sobrevolaron la playa del Consejo de la bandada a doscientos kilómetros por hora, Juan a la cabeza, Pedro volando con suavidad a su derecha, Enrique Calvino luchando valientemente a su izquierda. Entonces la formación entera giró lentamente hacia la derecha, como si fuese un solo pájaro, de horizontal a invertido, de invertido a horizontal, con el viento rugiendo sobre sus cuerpos.

Los graznidos y trinos de la vida cotidiana de la bandada se interrumpieron como si la formación hubiese sido un gigantesco cuchillo, y los ojos de cuatro mil gaviotas los observaron sin parpadear. Uno tras otro, cada uno de los ocho miembros de la formación ascendió hasta completar un rizo y luego realizó un amplio giro que terminó en un estático aterrizaje sobre la arena. Entonces, como si esa clase de cosas ocurriera todos los días, Juan Gaviota dio comienzo a su crítica del vuelo.

—Para comenzar —dijo con una sonrisa irónica—, todos llegasteis un poco tarde cuando tocaba que os juntarais.

Un relámpago atravesó a la bandada. ¡Esas gaviotas son exiliadas! ¡Han vuelto, y eso, eso no puede ser! Las predicciones de Pedro acerca de un combate se desvanecieron ante la confusión de la bandada.

—Bueno, de acuerdo, son exiliados —dijeron algunos de los jóvenes—, pero ¿dónde aprendieron a volar así?

Pasó casi una hora antes de que la palabra de la gaviota mayor lograra extenderse por la bandada: «Ignoradlos. Quien hable a un exiliado será también un exiliado. Quien mire a un exiliado viola la ley de la bandada.»

Espaldas y espaldas de grises plumas rodearon desde ese momento a Juan, quien no pareció darse por aludido. Organizó sus sesiones de prácticas exactamente encima de la playa del Consejo, y por primera vez forzó a sus alumnos hasta el límite de sus habilidades.

—¡Martín Gaviota —gritó mientras volaban—, dices que conoces el vuelo lento! ¡Pruébalo primero y alardea después! ¡Vuela!

Y de esta manera, nuestro callado y pequeño Martín Alonso Gaviota, paralizado al ser el blanco de las quejas de su instructor, se sorprendió a sí mismo al convertirse en un mago del vuelo lento. La más leve brisa le bastaba para elevarse sin batir las alas, desde la arena hasta las nubes y abajo otra vez.

Lo mismo le ocurrió a Carlos Rolando Gaviota,

quien voló sobre el gran viento de la montaña a más de ocho mil metros de altura, y volvió, maravillado, feliz, azul de frío y decidido a llegar aún más alto al otro día.

Pedro Gaviota, que amaba como nadie las acrobacias, logró superar su caída «en hoja muerta», de dieciséis puntos y, al día siguiente, con sus plumas refulgentes de soleada blancura, llegó a su culminación ejecutando una vuelta triple que fue observada por más de un ojo furtivo.

A toda hora Juan estaba allí junto a sus alumnos, enseñando, sugiriendo, presionando, guiando. Voló con ellos por la noche, en días nublados y tormentosos, por el puro placer de volar, mientras la bandada se apelotonaba tristemente en tierra.

Terminado el vuelo, los alumnos descansaban en la playa y, llegado el momento, se acercaban a Juan para escucharle. Él tenía ciertas ideas absurdas que no llegaban a entender, pero también tenía otras buenas y muy sensatas.

Poco a poco, por la noche, se formó otro círculo alrededor del de los alumnos, formado por curiosos que escuchaban allí, en la oscuridad, hora tras hora, sin deseos de ver ni de ser vistos, y que desaparecían antes del amanecer.

Un mes después del retorno, la primera gaviota de la bandada cruzó la línea y pidió que se le enseñara a volar. Al preguntar, Terrence Lowell Gaviota se convirtió en un ave condenada, marcada por el exilio, y también en el octavo alumno de Juan.

La noche siguiente se acercó procedente de la bandada, vacilando, Esteban Lorenzo Gaviota, arrastrando el ala izquierda, y acabó desplomándose delante de Juan.

—Ayúdame —dijo con un hilo de voz, como si estuviese a punto de morir—. Más que nada en el mundo, quiero volar...

—Ven entonces —dijo Juan—. Subamos, dejemos atrás la tierra y empecemos.

—No me entiendes. Mi ala. ¡No puedo mover el ala!

—Esteban Gaviota, tienes la libertad de ser tú mismo, tu verdadero ser, aquí y ahora, y no hay nada que te lo pueda impedir. Es la ley de la Gran Gaviota, la ley que es.

—¿Estás diciendo que puedo volar?

—Digo que eres libre.

Y sin más, Esteban Lorenzo Gaviota extendió las alas sin el menor esfuerzo y se alzó hacia la oscura noche. Su grito, al máximo de sus fuerzas y desde doscientos metros de altura, sacó a la bandada de su sueño:

—¡Puedo volar! ¡Óiganme! ¡Puedo volar!

Al amanecer había cerca de mil aves en torno al círculo de alumnos, mirando con curiosidad a Esteban. No les importaba si eran vistos o no, y escuchaban, tratando de comprender, a Juan Gaviota.

Habló de cosas muy sencillas: que está bien que una gaviota vuele, que la libertad es la esencia misma del ser, que todo aquello que impida esa libertad debe ser eliminado, sea un ritual, una superstición o una limitación en cualquiera de las formas.

—¿Eliminado? —preguntó una voz elevándose de la multitud—. ¿Aunque sea ley de la bandada?

—La única ley verdadera es aquella que conduce a la libertad —dijo Juan—. No hay otra.

—¿Cómo pretendes que volemos como vuelas tú? —intervino otra voz—. Eres especial, dotado y divino, superior a cualquier ave.

—¡Mirad a Pedro, a Terrence, a Carlos Rolando, a Mario Antonio! ¿Son también ellos especiales, dotados y divinos? Pues no lo son más que vosotros, ni más que yo. La única diferencia, realmente la única, es que ellos han empezado a comprender lo que son de verdad y han empezado a ponerlo en práctica.

Sus alumnos, salvo Pedro, se revolvían intranquilos. No se habían dado cuenta de que era precisamente eso lo que habían estado haciendo.

Día a día aumentaba la muchedumbre que venía a preguntar, a idolatrar, a despreciar.

Dicen en la bandada que si no eres el hijo de la Gran Gaviota —le contó Pedro a Juan, una mañana después de las prácticas de velocidad avanzada—, entonces lo que ocurre contigo es que estás mil años por delante de tu tiempo.

Juan suspiró. Este es el precio que se paga por ser incomprendido, pensó. Te llaman demonio o te llaman dios.

—¿Qué piensas tú, Pedro? ¿Nos hemos anticipado a nuestro tiempo?

Se produjo un largo silencio.

—Bueno —dijo Pedro al fin—, esta manera de volar siempre ha estado al alcance de quien quisiera aprender a descubrirla, y esto nada tiene que ver con el tiempo. A lo mejor nos hemos anticipado a la moda, a la manera de volar de la mayoría de las gaviotas.

—Entonces ya es algo —dijo Juan, girando para planear invertidamente por un rato—. Eso es mejor que aquello de anticiparnos a nuestro tiempo.

Ocurrió justo una semana más tarde. Pedro se hallaba explicando los principios del vuelo a alta velocidad a unos alumnos nuevos. Acababa de salir de su picado desde cuatro mil metros —una verdadera estela gris disparada a pocos centímetros de la playa—, cuando un pajarito en su primer vuelo planeó justamente en su camino, llamando a su madre. En una décima de segundo, y para evitar al joven, Pedro Pablo Gaviota giró violentamente a la izquierda, y a más de trescientos kilómetros por hora fue a estrellarse contra una roca de sólido granito.

Fue para él como si la roca hubiese sido una dura y gigantesca puerta hacia otros mundos. Una avalancha de miedo, de espanto y de tinieblas se le echó encima junto con el golpe, y luego se sintió flotar en un cielo extraño, olvidando, recordando, olvidando; temeroso y arrepentido, terriblemente arrepentido.

La voz le llegó como en aquel primer día en que había conocido a Juan Salvador Gaviota.

—El secreto, Pedro, consiste en que debemos intentar la superación de nuestras limitaciones en orden y con mucha paciencia. De acuerdo con el pro-

grama, no intentamos atravesar las rocas hasta un poco más tarde.

—¡Juan!

—También conocido como el hijo de la Gran Gaviota —dijo su instructor, secamente.

—¿Qué haces aquí? ¡Esa roca...! ¿No he... No me había... muerto?

—Ya está bien, Pedro. Piensa. Si me estás hablando ahora, es obvio que no has muerto, ¿verdad? Lo que sí que lograste fue cambiar tu nivel de conciencia, bien que de manera algo brusca. Ahora te toca escoger. Puedes quedarte aquí y aprender en este nivel,

que, para que lo sepas, es bastante más alto que el que dejaste, o puedes volver y seguir trabajando con la bandada. Los mayores estaban deseando que ocurriera algún desastre y se han sorprendido de lo bien que les has complacido.

—Por supuesto que quiero volver a la bandada. ¡Apenas si estoy empezando con el nuevo grupo!

—Muy bien, Pedro; ¿te acuerdas de lo que decíamos acerca de que el cuerpo de uno no es más que el pensamiento puro?

Pedro sacudió la cabeza, extendió las alas, abrió los ojos y se encontró en la roca y en el centro de toda la bandada allí reunida. Cuando empezó a moverse, de la multitud surgió un gran clamor de graznidos y chillidos.

—¡Vive! ¡El que había muerto, vive!

—¡Lo tocó con un extremo del ala! ¡Hizo que resucitara! ¡Ha sido el hijo de la Gran Gaviota!

—¡No! ¡Él lo niega! ¡Es un demonio! ¡Un demonio! ¡Ha venido a aniquilar a la bandada!

Había cuatro mil gaviotas allí, asustadas por lo que había sucedido, y el grito de «¡demonio!» cruzó entre ellas como el viento en una tempestad. Brillantes los ojos, aguzados los picos, avanzaron para destruir.

—Pedro, ¿no te parecería mejor que nos marchásemos? —preguntó Juan.

—Bueno, yo no pondría inconvenientes si...

Al instante se hallaron a un kilómetro de distancia

y los relampagueantes picos de la turba se cerraron en el vacío.

—¿Por qué será —se preguntó perplejo Juan— que no hay nada más difícil en el mundo que convencer a un pájaro de que es libre y de que lo puede probar por sí mismo si solo se pasa un rato practicando? ¿Por qué será tan difícil?

Pedro aún estaba azorado por el cambio de escenario.

—¿Qué has hecho ahora? ¿Cómo has llegado hasta aquí?

—Dijiste que querías alejarte de la turba, ¿no?

—¡Sí! Pero ¿cómo has...?

—Como todo, Pedro; es cuestión de práctica.

A la mañana siguiente, la bandada había olvidado su rapto de locura, pero no así Pedro.

—Juan, ¿te acuerdas de lo que dijiste hace mucho tiempo acerca de amar lo suficiente a la bandada como para volver a ella y ayudarla a aprender?

—Claro.

—No comprendo cómo te las arreglas para amar a una turba de aves que ha intentado matarte.

—¡Vamos, Pedro, no es eso lo que tú amas! Por cierto que no se debe amar el odio y el mal. Tienes que practicar y llegar a ver a la verdadera gaviota, ver el bien que hay en cada una y ayudarlas a que lo vean en sí mismas. Eso es lo que quiero decir por amar. Es divertido cuando te aprendes el truco. Recuerdo, por ejemplo, a cierto orgulloso individuo, un tal Pedro Pablo Gaviota. Exiliado reciente, listo para luchar hasta la muerte contra la bandada, empezaba ya a construirse su propio y amargo infierno en los lejanos acantilados. Sin embargo, aquí lo tenemos ahora, construyendo su propio cielo y guiando a toda la bandada en la misma dirección.

Pedro se volvió hacia su instructor; por un instante una expresión de miedo apareció en sus ojos.

—¿Yo, guiando? ¿Qué quieres decir con eso? Tú eres el instructor. ¡No puedes marcharte!

—¿Ah, no? ¿Acaso no piensas que hay otras bandadas, otros Pedros, que necesitan más a un instructor que esta, que ya va camino de la luz?

—¿Yo? Juan, soy una simple gaviota, y tú eres...

—El único hijo de la Gran Gaviota, supongo. —Juan suspiró y miró hacia el mar—. Ya no me necesitas. Lo que necesitas es seguir encontrándote a ti mismo, un poco más cada día, a ese verdadero e ilimitado Pedro Gaviota. Él es tu instructor. Tienes que comprenderlo y ponerlo en práctica.

Un momento más tarde el cuerpo de Juan trepidó en el aire, resplandeciente, y empezó a hacerse transparente.

—No dejes que corran rumores tontos sobre mí o que me conviertan en un dios. ¿De acuerdo, Pedro? Soy gaviota, me encanta volar, y quizá...

—¡Juan!

—Pobre Pedro. No creas lo que tus ojos te dicen. Solo muestran las limitaciones. Mira con tu entendimiento, descubre lo que ya sabes y hallarás la manera de volar.

El resplandor se apagó, y Juan Gaviota se desvaneció en el aire.

Después de un tiempo, Pedro Gaviota se obligó a remontar el espacio y se enfrentó con un nuevo grupo de estudiantes, ansiosos de empezar su primera lección.

—Para empezar —dijo—, tenéis que comprender que una gaviota es una idea ilimitada de la libertad, una imagen de la Gran Gaviota, y todo vuestro cuerpo, de un extremo del ala al otro, no es más que vuestro propio pensamiento.

Los jóvenes se miraron con extrañeza. Vaya, pensaron, eso no suena a una norma para hacer un rizo...

Pedro suspiró y empezó otra vez.

—Muy bien —dijo en tono de desaprobación—. Empecemos con el vuelo horizontal. —En ese instante comprendió que, en verdad, su amigo no había sido más divino que el mismo Pedro.

¿No hay límites, Juan?, pensó. Bueno, llegará entonces el día en que me apareceré en tu playa y te enseñaré un par de cosas acerca del vuelo.

Y aunque intentó parecer adecuadamente severo ante sus alumnos, Pedro Gaviota los vio de pronto tal y como eran realmente, solo por un momento, y más que gustarle, amó aquello que vio. ¿No hay límites, Juan?, pensó, y sonrió. Su carrera hacia el aprendizaje había empezado.

Cuarta parte

Tras la desaparición de Juan Salvador Gaviota de las playas de la bandada, durante algunos años esta constituyó el más extraño grupo de pájaros que se haya visto. Muchos de ellos, incluso, habían comprendido el mensaje que él había transmitido, y era tan habitual ver una gaviota joven volando del revés y haciendo piruetas, como una anciana volando de forma tan ordenada como aburrida, por encima de los barcos pesqueros y en busca de un bocado de pan mojado.

Pedro Gaviota y los otros alumnos de Juan divulgaron las enseñanzas de libertad de su instructor y emprendieron largos viajes para difundirlas entre las bandadas de la costa.

En esos días hubo acontecimientos notables. Los alumnos de Pedro, e incluso los alumnos de sus alumnos, estaban volando con una precisión y un júbilo nunca vistos. Aquí y allí se veían pájaros que superaban en sus acrobacias a Pedro y aun al propio

Juan. La curva de aprendizaje de una gaviota altamente motivada siempre había sido muy pronunciada, y ahora, una y otra vez, había estudiantes que superaban los límites con tanta perfección que sencillamente desaparecían, como Juan, de la faz de una tierra demasiado restringida para contenerlos.

Durante un tiempo fue una edad de oro. Multitudes de gaviotas se acercaron a Pedro Gaviota, ansiosas por tocar a aquel que había tocado a Juan Salvador Gaviota, un ave a la que ahora consideraban divina. Pedro insistió, en vano, en decirles que Juan había sido una gaviota igual a ellas, que había aprendido lo que todas podían aprender. Continuaron persiguiéndole, para que les repitiera las palabras exactas que había pronunciado Juan, empeñadas en que les explicara con minuciosidad los gestos que había realizado, ávidas por descubrir nuevos detalles sobre él. A medida que le reclamaban saber más trivialidades acerca de Juan, la inquietud de Pedro iba en aumento. Antes, habían estado interesadas en llevar a la práctica sus enseñanzas, en entrenar y en surcar, veloces y libres, el glorioso cielo..., y ahora evitaban el trabajo duro, mientras se entretenían contándose unas a otras leyendas sobre Juan, como si este fuese un ídolo popular y ellas su club de admiradoras.

—Maestro Pedro Gaviota —le decían—, ¿cómo dijo exactamente el Magnífico Juan: «Estas son, *en verdad*, las ideas de la Gran Gaviota», o «Estas son, *de hecho*, las ideas de la Gran Gaviota»?

—Por favor, llamadme Pedro. Solo Pedro Gaviota —respondía Pedro, consternado por que se dirigieran a él con tanta reverencia—. ¿Qué diferencia hay en que haya usado una palabra u otra? Ambas son correctas, estas son las ideas de la Gran Gaviota...

Él, sin embargo, sabía que la respuesta no les satisfacía, y que pensaban que había eludido la pregunta.

—Maestro Pedro Gaviota, cuando la Divina Gaviota Juan Salvador se aprestaba a volar, ¿daba un paso en dirección al viento, o dos?

Antes de que Pedro pudiera contestar, ya le habían lanzado la siguiente pregunta.

—Maestro Pedro Gaviota, la Divina Gaviota Juan Salvador, ¿tenía los ojos grises o dorados? —El que preguntaba tenía los ojos grises, ansioso por oír la única respuesta que esperaba.

—¡No lo sé! ¡Olvidad sus ojos! Tenía los ojos... ¡de color violeta! ¿Qué importancia tiene? ¡Lo que vino a decirnos es que podemos volar, que podemos lograrlo si despertamos y dejamos de estar ociosos en la orilla, hablando del color de los ojos de alguien! Ahora mirad, os voy a enseñar el Giro del Molinillo...

Pero más de una gaviota, cansada de practicar algo tan difícil como el Molinillo, prefería volar de regreso a casa, pensando «la Gran Gaviota tenía ojos violetas, no como los míos, ni como los de ninguna otra gaviota».

Con el pasar de los años, las clases fueron cambiando. Lo que antes era una celebración de la maravilla de volar se convirtió en cuchicheos acerca de Juan, antes y después de las prácticas, en largas disertaciones sobre Juan en la playa, y ya nadie se acordaba de volar.

Tanto Pedro como otros que habían sido alumnos de Juan intentaron corregirles, intrigados, desalentados o furiosos ante el cambio, pero incapaces de detenerlo. Les honraban, o aun peor, les reverenciaban, pero ya no les escuchaban, y las gaviotas que practicaban eran cada vez menos.

Los Alumnos Originales fueron muriendo uno a uno, dejando atrás sus fríos cuerpos, de los que la bandada se apropió para realizar grandes y llorosas ceremonias, enterrándolos bajo enormes mojones de guijarros. Cada piedra se añadía al montículo tras un largo sermón pronunciado por una gaviota con pesada solemnidad. Los mojones se convirtieron en santuarios, y ahora, a toda gaviota que aspirara a la Unicidad se le requería que depositara un guijarro en el santuario y pronunciara un discurso lastimero. Nadie sabía en que consistía la Unicidad, pero se tra-

taba de una cosa tan profunda y seria que ninguna gaviota se habría atrevido a preguntar qué era sin pasar por tonta. Pero si todo el mundo sabe qué es la Unicidad, y cuánto más bonita sea la piedra que deposites en la tumba de Martín Gaviota, mayores posibilidades tendrás de conseguirla.

Pedro fue el último en morir. Ocurrió durante una larga y solitaria sesión del más puro y hermoso vuelo de su vida. Su cuerpo se esfumó en medio de un largo ascenso vertical, algo que había aprendido la primera vez que encontró a Juan Salvador Gaviota, y en el momento de desaparecer no estaba colocando guijarros ni meditando sobre los postulados de la Unicidad. Se marchó inmerso en la perfección de su propio vuelo.

Cuando a la semana siguiente Pedro no apareció en la playa, cuando se descubrió que se había ido sin dejar una nota, la bandada se sintió consternada.

Sin embargo, sus miembros se recuperaron enseguida, y tras pensarlo decidieron lo que debió de haber ocurrido. Se anunció entonces que el Maestro Pedro Gaviota había sido visto posado sobre lo que desde entonces se llamó la Roca de la Unicidad y rodeado de otros Siete Primeros Alumnos. Las nubes se habían abierto, y había aparecido nada menos que la mismísima Gran Gaviota Juan Salvador, vestida de regias plumas y

conchas doradas, con una corona de guijarros preciosos sobre la cabeza, apuntando simbólicamente hacia el cielo, el mar, el viento y la tierra. La Gran Gaviota Juan Salvador lo había llamado para que le siguiera a la Playa de la Unicidad, y Pedro había ascendido mágicamente, rodeado de rayos sagrados. Las nubes se habían cerrado de nuevo sobre la escena, acompañadas por un gran coro de gaviotas.

Así, la pila de guijarros sobre la Roca de la Unicidad, dedicada a la sagrada memoria de Pedro Gaviota, se convirtió en la mayor montaña de guijarros de todas las costas del mundo. Muchas otras pilas similares se levantaron por todas partes, y cada martes por la tarde la bandada se plantaba ante una de ellas para oír hablar de los milagros de Juan Salvador Gaviota y sus Divinos Alumnos. Ya nadie volaba más de lo estrictamente necesario, y cuando lo hacía era en medio de rituales cada vez más extraños. Como símbolo de su posición, las aves más ricas empezaron a llevar ramas en el pico, y cuanto más grandes y pesadas eran las ramas, mayor atención recibían del resto de la bandada. Cuanto más larga la rama, mejor volador se consideraba a su portador.

Algunos integrantes de la sociedad de las gaviotas advirtieron que el hecho de que algunos congéneres llevaran ramas grandes y pesadas les convertía en un estorbo para el resto.

Un guijarro liso devino el símbolo de las enseñanzas de Juan. Más tarde, cualquier piedra servía. Era el peor símbolo posible para un ave que había venido a enseñar la alegría de volar, pero nadie parecía darse cuenta. Al menos, nadie importante dentro de la bandada.

Los martes, todos dejaban de volar, y una multitud apática se reunía para oír recitar al Alumno Oficial de la bandada. En pocos años, las recitaciones de enseñanzas se volvieron más alambicadas y se endurecieron, tornándose un conjunto de dogmas graníticos. «Oh-Juan-Gaviota-Gran-Gaviota-Uno-y-Único-ten-piedad-de-nosotros-que-somos-menos-que-granos-de-arena...» Y así durante horas y horas, todos los martes. Cuanto más rápida y mecánica era la repetición de estas letanías, de las que ya no se entendía ni una palabra, más valorado era el Oficial en cuestión. Unas pocas gaviotas insolentes murmuraron que de todos modos el sonido no significaba nada, pese a que a veces parecía distinguirse alguna palabra.

A lo largo de toda la costa se veían imágenes de Juan dibujadas a picotazos en la arena, con dos tristes conchas violáceas en lugar de ojos. Adornaban los santuarios hechos de guijarros en los que se rendía un culto aun más pesado e inerte que las piedras que lo simbolizaban.

En menos de doscientos años, ya no quedaba prácticamente ninguna de las enseñanzas de Juan, reemplazadas en la práctica diaria por la escueta enunciación de su condición de santo y más allá de la aspiración de las gaviotas comunes, «menos que granos de arena». Llegó un tiempo en el que los ritos y

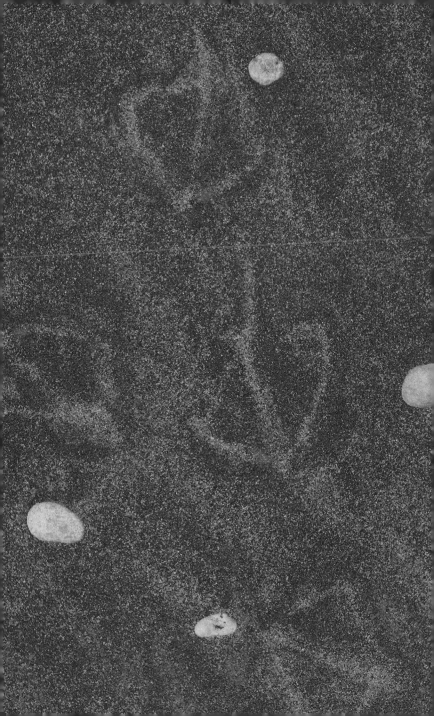

ceremonias creados en torno a la figura de Juan Salvador Gaviota se volvieron obsesivos. Toda gaviota
pensante alteraba el curso de su vuelo a la vista de uno
de esos mojones para no volar en presencia de esos
santuarios erigidos sobre las ceremonias y supersti-
ciones de quienes, ante el fracaso, preferían las excu-
sas al trabajo duro y la grandeza. Las gaviotas pen-
santes, paradójicamente, cerraban su mente a ciertas
palabras, como «vuelo», «mojón», «Gran Gaviota»,
«Juan»... En todos los otros aspectos eran las aves
más honestas y lúcidas desde el propio Juan, pero
ante la mera mención de su nombre o de cualquiera
de los otros términos tan gravemente tergiversados
por los Alumnos Oficiales Locales, sus mentes se cerraban como una trampilla.

Sin embargo, eran curiosos, y empezaron a probar formas de volar, aunque sin utilizar nunca esta
palabra. «No es vuelo», se decían a sí mismas una y
otra vez. «Es solo una forma de comprobar qué hay
de cierto.» Al rechazar a los «Alumnos» oficiales,
ellas mismas se volvieron alumnos. Al rechazar el
nombre de Juan Salvador, practicaron el mensaje que
este había llevado a la bandada.

No fue una revolución ruidosa. No hubo gritos
ni estandartes. Pero individuos como Antonio Gaviota, por ejemplo, a quien aún no le habían salido
las plumas propias de los adultos, empezaron a hacer
preguntas.

—Fíjate —le dijo Antonio a su Alumno Oficial
Local—. Los alumnos que vienen a escucharte todos

los martes lo hacen por tres razones, ¿no? Porque piensan que están aprendiendo algo. Porque creen que poner otro guijarro en el mojón los hará santos, o porque todos esperan que lo hagan, ¿verdad?

—¿Y tú no tienes nada que aprender, mi pichón?

—No. Hay algo que aprender, pero no sé qué es. Un millón de guijarros no pueden hacerme santo si no me lo merezco, y no me importa lo que las otras gaviotas piensen de mí.

—¿Y cuál es tu respuesta, pichón? —El Alumno Ofical Local parecía algo alterado por la herejía de Antonio—. ¿Cómo llamas al milagro de la vida? La Gran-Gaviota-Juan-Salvador-Bendito-Sea-Su Nombre dijo que volar...

—La vida no es un milagro, Oficial —lo interrumpió Antonio—, es un aburrimiento. Tu Gran Gaviota Juan es un mito que alguien pergeñó hace mucho tiempo, un cuento de hadas en el que los débiles creen porque no tienen el coraje de ver el mundo tal como es. ¡Imagínate, una gaviota que puede volar a trescientos kilómetros por hora! Lo he intentado, pero lo más rápido que he conseguido ir es a unos ochenta kilómetros, bajando en picado y prácticamente fuera de control. Existen leyes sobre el vuelo que no se pueden violar, y si no lo crees pruébalo por ti mismo. ¿Realmente crees que tu gran Juan Salvador llegó a volar a trescientos kilómetros por hora?

—Y aún más rápido —dijo el Oficial, con fe ciega—. Y enseñó a otros a hacerlo.

—Eso dice el cuento. Pero cuando me enseñes

que puedes volar a esa velocidad, Oficial, empezaré a prestarte atención.

Ahí estaba la clave, y Antonio Gaviota lo supo apenas hubo pronunciado esas palabras. Él no tenía respuestas, pero sabía que seguiría con mucho gusto a cualquier ave que pudiera darle al menos algunas respuestas válidas, que hicieran la vida diaria más plena y feliz. Hasta que encontrara a esa ave, la vida seguiría siendo gris y desolada, ilógica, sin sentido. Cada gaviota no pasaría de ser un conjunto aleatorio de sangre y plumas destinado al olvido.

Antonio Gaviota siguió su propio camino, y se le sumaron más y más aves jóvenes que rechazaban los rituales y ceremonias en que se repetía el nombre de Juan Salvador. Entristecidas por la futilidad de la vida, pero al menos honestas consigo mismas y lo suficientemente valientes para reconocer esa futilidad.

Entonces, una tarde en que Antonio aleteaba sobre el mar, pensando en la inutilidad y falta de sentido de la vida, se le ocurrió que el único acto lógico sería zambullirse en el océano y ahogarse. Era mejor no existir que existir como un alga, sin propósito y sin alegría.

Tenía sentido. Era lógica pura, y toda su vida Antonio Gaviota había tratado de permanecer honesto y lógico. De todos modos, tarde o temprano tendría que morir, y no veía motivo para prolongar el doloroso aburrimiento de la vida.

Estaba a seiscientos metros sobre el mar, y se zambulló en picado hacia el agua a una velocidad cercana a los ochenta kilómetros por hora. Haber tomado la

decisión le resultaba extrañamente estimulante. Por fin había encontrado una respuesta que tenía sentido.

A mitad de camino en su zambullida hacia la muerte, mientras veía al mar inclinarse y crecer debajo de él, oyó cerca de su ala derecha un silbido tan fuerte que casi se convirtió en rugido, y se dio cuenta de que otra gaviota que iba mucho más rápido le había dejado atrás como si estuviera inmóvil en una playa. El ave era una gran línea borrosa que descendía, un meteoro llegado del espacio. Antonio frenó su caída desplegando las alas, mientras intentaba comprender lo que había presenciado.

La figura borrosa aminoró la velocidad al acercarse al mar, tocando los bordes de las olas; volvió a subir con fuerza, con el pico apuntando directamente hacia el cielo, y empezó a girar sobre sí misma, lentamente, para terminar dibujando un círculo completo en el aire.

Antonio se había detenido para mirar, olvidándose de todo. «¡Juraría que eso era una gaviota!», se dijo en voz alta. Se acercó lo más rápido que pudo a la otra ave, que aparentemente no había advertido su presencia.

—¡Oye! —gritó lo más alto que pudo—. ¡Oye! ¡Detente!

La gaviota se lanzó hacia abajo moviendo una sola ala y a una velocidad tremenda, volvió a subir en vertical y se detuvo súbitamente en el aire, como un esquiador que llega tras su descenso al pie de la montaña.

—¡Eh! —Antonio estaba casi sin aliento—. Pero... ¿qué estás haciendo?

Era una pregunta estúpida, pero no sabía qué otra cosa decir.

—Lo siento si te he asustado —se disculpó el extraño, con una voz tan clara y amistosa como el viento—. Estuviste todo el tiempo en mi campo de visión. Solo era un juego... No te habría golpeado.

—¡No, no es eso! —Antonio estaba más alerta e inspirado de lo que había estado nunca en su vida—. ¿Qué era eso?

—Oh, llámalo vuelo por diversión. Una zambullida seguida de un suave giro hacia arriba para terminar en un rizo. Solo estaba distrayéndome un poco. Si lo quieres hacer realmente bien te llevará una pizca de tiempo, pero es algo bonito de ver, ¿no crees?

—Sí... es... bonito, ¡ya lo creo! Pero no te he visto cerca de la bandada. ¿Quién eres?

—Puedes llamarme Jon.

Palabras finales

El último capítulo no es muy imaginativo, pero lo parece.

¿Cómo es que, de pronto, una historia empieza a tomar forma en nuestra mente? Los escritores que aman su oficio dicen que el misterio es parte de la magia. No hay explicación.

La imaginación es como un alma vieja. Alguien susurra el espíritu de una historia, habla con voz suave de un mundo brillante y las criaturas que lo habitan, de sus alegrías y penas, desesperanzas y victorias. Un relato acabado y hermoso, al que solo le faltan las palabras. Los escritores conjuran imágenes que concuerden con la acción que han vislumbrado, y repasan el diálogo de principio a fin. Sencillamente insertan letras, espacios y comas, y la historia está lista para deslizarse por la pendiente que la conducirá a las librerías.

Las historias no se tejen con fórmulas ni gramática, sino que surgen de un misterio que se adueña de nuestra silenciosa imaginación. Algunas preguntas nos acucian durante años, hasta que una tormenta de respuestas aparece de la nada, lanzando sus flechas desde un arco que nunca hemos visto.

Así me ha ocurrido a mí. Cuando terminé de escribir la cuarta parte, la historia de Juan Salvador finalizó.

Entonces volví a leer la cuarta parte una y otra vez. ¡Eso nunca ocurriría! ¿Se habrían valido de rituales las gaviotas que siguieron las enseñanzas de Juan Salvador para aniquilar el espíritu del vuelo?

Eso decía el último capítulo. Yo no podía creérmelo. Las tres partes anteriores lo contaban todo, pensaba, de modo que no hacía falta una cuarta: un cielo desierto, palabras polvorientas que sofocan la alegría. No es necesario incluirla.

Entonces, ¿por qué no la quemé?

No lo sé. La dejé a un lado, como si a diferencia de mí, la última parte del libro creyera en sí misma. Porque sabía lo que yo me negaba a ver: la fuerza de quienes imponen reglas y ritos mataría lentamente nuestra libertad de vivir como elegimos vivir.

Durante años quedó olvidada. Medio siglo.

Sabryna encontró la historia hace un tiempo, unos papeles viejos y amarillentos, bajo una pila de documentos inservibles.

—¿Te acuerdas de esto?

—¿Si me acuerdo de qué? —respondí—. No.

Leí algunos párrafos.

—Oh, creo que sí que recuerdo algo. Esto era...

—Léelo —me dijo con una sonrisa. Estaba claro que el hallazgo del viejo texto la había conmovido.

Las letras del manuscrito estaban borrosas. El lenguaje era un eco del mío, pero reflejaba el que yo era entonces. No se trataba de mi escritura, sino de la suya: la del chico que fui.

El texto llegó a su fin, dejándome colmado de sus advertencias y su esperanza.

«¡Yo sabía lo que estaba haciendo!», me decía. «¡Vuestro siglo XXI, con su autoridad y sus ritos, está programado para estrangular la libertad. ¿No lo ves? Está diseñado para hacer que el mundo sea seguro, no libre.» Había vivido su historia, su última oportunidad. «Mi tiempo ha acabado. El tuyo todavía no.»

Pensé nuevamente en su voz, en el último capítulo. ¿Estamos nosotras, las gaviotas, contemplando el fin de la libertad en nuestro mundo?

La cuarta parte, que finalmente ocupa el lugar que le pertenece, dice que tal vez no. Fue escrita cuando nadie conocía el futuro. Ahora, nosotros sí lo conocemos.

RICHARD BACH
Primavera de 2013

Sobre el fotógrafo

Russell Munson empezó a fotografiar aviones cuando era niño, en Denver, Colorado. Desde entonces, es un apasionado de la fotografía y el vuelo. Además de su carrera en la fotografía comercial en Nueva York, Munson ha enseñado percepción visual en la Phillips Andover Academy de la Universidad de Yale, y en el International Center for Photography. Es el autor del texto y las fotografías del libro *Skyward: Why Flyers Fly*, y del DVD *Flying Route 66*, del que también es productor.

Las fotografías aéreas artísticas de Munson se encuentran en museos y colecciones privadas, y pueden ser vistas en *www.russellmunson.com*. Toma sus fotografías desde su avión Aviat Husky.